濡れた馬

長谷川安衛

思潮社

濡れた馬　目次

一　風の行方

二　考察

三　少年

表紙＝長谷川聡　装幀＝思潮社装幀室

濡れた馬

一　風の行方

川

少年の日におれが跳び越えたのは
小川ではなく
流れる時間だったのかもしれない
走り回りながら澄んだ流れを行き来していたが
向こう岸の影を呼んだ記憶がある
あれは誰だったのか
分からないまま
いまでもおれの中を走っている影を追っている

夏の時間を泳ぎながら

流された記憶を戻る河原には熱い石が続いていて
めまいのような日射しがおれの影をひき
西の山へと流れていった

おれの手から逃げ回っていた小さな魚たち
あのときバケツからこぼれたのは
水だけではなかったのかもしれない
追い詰めた不遜の網は
時間に朽ちて大きな穴になっているが
いまおれが問い直さなければならないのは
いのちの在り様としての終わり方なのだろう

小さな釣り針が
おれの記憶の中で光っている

赤い実

自然はかたくなだから
うめもどきの赤い実は
赤いうめもどきのままひとの心の中でも揺れる
風がどんな意味を吹き込んでも
枯れた思いを揺らしながら
断ち切れない赤を細く短い枝に繋いでいる

息をひそめるように在ったものたちが
ひとつの色を得ようとするなら
この色かもしれない

赤い実は花のような過程ではないから
落ちることしか残されていないが
いのちを繋ぐ時間を抱えている

おれの中でも揺れる時間を生んでいる赤い実
径の傍で名も知られないまま枯れていく小さな花のように
自らを納得させられる時間もないまま
いのちとは終わってゆくものなのか
生きることを終えた数しれないいのちは
どこか日溜まりのような場所に集まって
生きているものたちへのわずかに繋がる思いを
手繰り寄せようとしている
そこでは赤い実が
眩しく光る鮮やかな存在にちがいない

土偶

そのときひとは
何を念じて土を練ったのか
何を願って火の中に投じたのか

ひとのいのちをかたどって
焼きあげようとしたのは何だったのだろう
いのちの跡を掘り返しても
跡には跡しか残されていないが
跡と跡を繋ぐと見えてくるものがある
願いを込めて作られた土偶の

喉に溜まっていることば
かたちに託された思いを
毀してしまわないよう
埋めていた闇をそっと掃きとる

闇の中にたたずんでいた土偶の
抱き続けてきたものが
眩しい世界へ取り出される
跡を透かすと
かすかに聞こえてくるもの
あれは流れ続ける時の音か
素朴な願いから生まれたかたちは
もともとひとの内にあったものにちがいないが
祈りのかたちは
その時代を生きたひとたちの

生きるかたちそのものであったろう

おんなたちの思いを強くまとって焼かれたのは
おんなたちの失うものが多かったためではないか
おんなたちはいつも傍にいて
いのちに触っていたから
おのずといのちをかたどったにちがいない

欠けた土偶の傷跡から
吹き出してくるものがある
いのちとも時間とも感じられるが
作ったおんなたちの
深い思いが滲んでいる

内戦

ことばがひとつ
不明になった

用意しておいたことばがひとつ
いくら探しても見つからない
ゲリラにやられてしまったのか

おれの内なる戦いは
生まれたときから始まった
宗教的な対立でもなく

利権や氏族間のいさかいでもなく
脈打つ命を持って
おれが生まれてしまったためだ

時間が味方をしていたのは
いつまでだったろう
いつからか時間は味方ではなく
おれの内なるゲリラの側にいて
破壊活動を支援している

体のいたるところに隠されている
地雷
それを埋めたのは
もしかすると神と呼ばれているものか
触れないように用心深く歩いていても

しびれる指先や痛みに尖る神経は
おれの思惟する部分を走りぬける
ときおり聞こえる耳鳴りは
壊されていく細胞の音のように響くが
命あるものの内なる戦いは
終わらせることのできないものだから
平穏を装って歩くしかない

北風の吹く街を行くひとたちは
それぞれの戦場をあたたかく包みこんで
どこかへ急いでいる

花房

瓶にさす藤の花ぶさみじかければたたみの上にとどかざりけり　子規

ことばが
届かない
思いが届かない
もどかしさの拡がる届かない距離は
ひとの内でも静かに揺れる

短い花房は短い花房のまま
届かない距離は届かない距離のまま
いつもおれの内に在る
届かないまま終わることが多いのは

ひとが負ってしまったものの
ひとつなのかも知れない

届きそうで届かない距離
足を速めて歩いても
手を伸ばしても背伸びをしても届かない
もどかしい距離
生まれてしまった場所に生き方を決められ
負ったものをになって
災禍の国で終わる時間を過ごしているひとたち
波にさらわれたひとの遠退いてゆく影や
時代を違えて生き終えたひとたちへ
おれの思いは届かないまま
いらだちになる

届かない距離とは長さではなく
届こうとする思いが生む
もどかしさなのだ
いのちはいつも何かに届こうとして
風に吹かれる花房のように揺れる

目

すべてのものが二重に見え
診断は左動眼神経麻痺だったが
あのときおれの目には
神が降りていたのではなかったか

おれの思いは神の意思と合わなかったから
歩こうとする道には
いつも斜めによぎる道が重なっていたので
おれは左の目を閉じ
生きるバランスをとったが

しばらくのあいだ二つの風景の中で暮らした

劫初
初めて光を感じたものの目には
どのような風景が映ったのだろう
そのときいのちは
どのように鼓動を始めていたのか
そこにはまだ　過去はなかったのか
生きて過ごした重い時間は
背後に積もってはいなかったのか

いつからか
時間はおれの背後で眠らなくなり
ときおり未来から覗くようになっていたが
いつの間にか

おれの中に棲みついていたのだ
そこから発信されていた
おれの症状

ときどき
枯れたけもののみちのように
おれの末梢神経がかさかさと震え
姿を捉えることのできなかったものが
やってくる気配がする

いのちの姿を見届けるために
おれは目を見開いてそれを待つ

濡れた馬

波の音を確かめながら霧の中を歩いていたとき
不意に現われた幻影のような馬が
今でもおれの中に立っている
濡れたまま
身じろぎもせず
おれの記憶の霧の中に立っている

あのとき
痩せた馬の視野に
おれはどのように現われ

どのように消えたのか
霧に隠された岬の放牧場の
溶けてしまいそうな細い道を
小さな白い花をほんのわずか揺らし
通り過ぎたひとりの男の内など
馬にとって何の意味があったろう
かかわるというほどのこともなく
通り過ぎたにすぎない男の中に
馬は何故
いつまでも立ち続けるのか

ほんのひととき
おれの時間と馬の時間が交差して
ひとつの風景の中に在ったが
馬にとっても

おれは幻影のごとき存在にすぎなかったはずだ
それなのに馬は
何故おれの中に今でも立ち続けるのか
濡れたまま
身じろぎもせず

濡れたまま立ちつくす馬を
内に負ったひとりの男の
わずかな生の時間を
馬も同じように内に持っているのか
霧の中のほんの少しの時間を
過去にしてしまうことができないとすれば
あるいはそれが
永遠と呼ばれているものかもしれない

階段

おれの中に透明な階段があって
おれは毎日その階段を降りる
どこまで降りれば終わるのか
解らないまま
おれは手摺のない危うい日常を降りる

生きることが
時間を降りることであったとしても
踊り場に掛けられた鏡が映し出すのは
おれの何なのか

ひとつのいのちが纏う形の
すべてを映しきることができるのか

鏡と思い込んでいるのは
あるいは別なものかもしれない
階段を降りるいのちや
往き先の見えないおれのこだわりを
時間が屈折して映し出しているのかもしれない

おれのいのちに共鳴するものが
形になって動いている鏡の中
反転する鏡の日常を
ひとは昇ったり降りたりしているが
見えているのは
屈折するひかりの形だけ

見なければならないものは
なかなか見えてこない
ガラスの階段をおれは今日も降りる

風の行方

風に混じって
行方の分からなくなったひとがいる
風となって
今でもどこかをさまよっているにちがいない

風のように旅をした法師が刻んだと言われる
憤怒も微笑も
ほんとうは風が作ったものではなかったか
木片は仏の形をしているが
仏に出合いたいと念じながら

出合えなかったひとの
願いだけが木片を変えたのかもしれない
木片に仏の眼を開かせたのは
形を受け入れて
周辺で生きたひとたちの願いであったろう
儀式ではなく
関わったひとたちの暮らし方にちがいない
仏に出合えなかった法師は入寂して
自らを仏にするしかなかったのではないか

暮らしの中に風をとり入れた
生き方の中の風の論理
ひとが風になることもできた時代があったのか
風と混じり合ってしまったひとが
今日おれを追い越して行ったような気がする

いのちを超えようとしたひとの肉体が
暗がりに安置されている部屋もあって
いのちと時間が開かれている

木陰に留まっている風を感じることがある
自ら所在を告げることもなく
瓢然と逝ってしまったひとを
追いかけて迷っている時間が見えることがある
取り返しのつかないことをしてしまった記憶だけが
いつまでも追いかけてくるように
いのちの後を
執拗に追いかけている風がある

池塘

別れなどとっくに告げてある
幾千幾万の時刻
それでもおれの中から消えていかないものが
池塘に揺れる浮島のように
おれの中でひかりを集め
雲の時間を呼んでいる

古い予定表の中で
色を失った文字となって
何かを待っていたもの

古い手帖の中の未来が
いまはおれの池塘に沈んで
消え去ることもできないまま
ひかりに揺れている

溜めたいのちを波立てながら
横切るもの
あれは時刻表にはめこまれた舟
おれのいのちを波立たせ
おれのいのちを横切って
山に重なって見えなくなる

小さな舟の小さな波が
おれの中の池塘へ届ける揺れ
溜まった時間を波打たせながら

季節を巡る小さな舟が
運んでくるひかりの記憶

ひかりはいつも
おれの中へ揺れる影を持ってきて
放す

地図

街へ向かったまま
帰らなかったひとたちが迷い込んだのは
どんな路地だったのか
時間を見失って
次第にセピア色に変わっていく街を
確かめようとしたのか
自分自身をセピアになじませて
抜けられなくなってしまったのではないか
過ぎた時間のどこかに
自分の地図を広げたまま

立ちすくんでいるひとたちがいる

時のお化けと自称したひとは
時間を超える思いが
面映ゆく思えたのだろう
おれの胸には可憐に残っていることを
伝えておかなくてはならない

決断すべきことを迷っているところから
いつもひとの不穏が始まる
虚構の自分から
脱け出せなくなったひと
電子音で開いた一日を
誘眠剤で閉じる生き様が繰り返される

窓を開ける生き様を選ばなければならないと感じても
時間は自分を隠すのに都合よくできている

疾走するものが
ひとを跨いで消えていく日常
次第に馴染んでゆく怖さは
巧みに囲われて見えないから
気に障る言葉を迂回して
ひとは平穏を錯覚したまま
生きているに過ぎないのかもしれない

二　考察

考察 Ⅰ

たとえば「風景は反逆する」と言ったのはルポライターで作家の辺見庸だったが　バーミヤン渓谷の仏像がタリバンによって破壊されたとき　アフガニスタンの仏像は破壊されたのではなく　恥辱のあまり崩れ落ちたのだと言ったのはイランの映像作家モフセン・マフマルバフであった　その背後には　ひとつの仏像が　百万の餓えよりも注目されている現実への　苛立ちがあったが　おれの中では「風景は反逆する」という言葉に重なっている

餓えの情報は　餓えの状況を伝えるが　餓えを伝えることはできない　アフガニスタンの餓えは　情報として世界を駈けたが　アフガニスタンの餓えは餓えのままで　餓えを変換する新たな情報をひき出すことはなかった　情報はあく

までも情報であって　それ自体が発火することはないから　情報は時間の中で
色あせ　失速し　新たな情報に追い越され　人目もひかなくなって残される
ひとは抽象的な存在になることはできないから　固有の居場所から逃れること
のできないことも　内蔵している

地球上の苛立ちを　抑え込もうとしているものがあるのか　地球は青く美しい
と言ったひとは　何かを見落としていたのではないかと思ったひともいたは
ず　ひとの死も　餓えも　地球の青さを変えることはできないまま　苛立ちだ
けが回っている星は　外から見たときだけ美しいのであれば　グリムよりも苛
酷な物語として　語り継がれることになる

情報を操るものもいて　捏造されたものが届けられ　結果として受け入れてい
ることもあるが　ひとはもともと過ちの多い存在だから　省みることが多く
生き物としては　唯一の種ではないかと思われるが　部分と全体を照らし合わ
せることが必要なのは　分解した玩具だけではない

考察 Ⅱ

穀倉地帯と言われていたウクライナの　石棺で蓋われた施設四号炉から　絶えることなく放射されているのは　ガイガーカウンターで測れるものだけではない　土で埋め尽くされ　地図から消された村の　食卓に並んでいたものが　そのままのかたちで　いつか発掘される時がくるかもしれない　三日で帰れると言われて立ち退かされた村へ　再び帰ることのできなかったひとたちの　置いてきたままの暮らしから発信されつづけているものは　何で測ることができるのか

リクビダートル（清掃人）として　チェルノブイリの後始末に駆り出された若い兵士たちも　不十分な防護服と不十分な知識で被曝し　八千人を超えるひと

たちが死んだという　土に埋められたまま　時間が止まった村で　見えないひとたちが交わしていることばが　漏れてくる

チェルノブイリ　やや観念的ではあったが　自然食品にこだわっていたひとたちの挫折も招いた事故は　覆い隠されて　歴史の隙間に埋められようとしているが　ウクライナの地図から消された村は　見えないまま　村の在りかと情況を発信しつづけている

ウクライナで育った少女の澄んだ歌声が　日本に流れていて　ウクライナに繋がる思いを伝えている　地図から消されたために　消された村として名を留めることになったのは　なんとも皮肉なことではあるが　復讐劇のように終わってしまわないものが　それぞれのひとの胸の奥に重く残され　測り知れない数値を発信している

考察 Ⅲ

たとえば　ヒトを絶滅危惧種と断じた動物学者がいる　ヒト科ヒト属ヒト種ヒト　ホモ・サピエンス＝知恵のあるひと　とも名づけられたのは何ゆえであったのか　どのような願いが　込められていたのか　六十八億を超えてなおふえつづける個体を持ちながら　絶滅が危惧されるヒトとはいったい何ものなのか　ヒト科ヒト属ヒト種ヒトの　おれ

妊娠期間二六六日　極めて無力な状態で生まれるのは　直立歩行によって骨盤が縮小したためと考えられているが　直立歩行から始まった進化がもたらしたものは大きく　発達しながら負ってきたものも重い　その重さが還ってきて時間を負ったヒトの　腰を痛めているのではないか

温暖化の危険が指摘されつづけているが　本当は氷河期が始まっているのではないか　氷河期はひとの内から始まるにちがいないが　ひとがこころを閉ざし始めたときに地上を走ったもの　ヒトとヒトの間を駆け抜けて　風を注ぎ始めてから　地球そのものが移り変わる季節の　終わるときもくるのではないかと感じているヒトもふえている

一九〇万年前にアフリカを出て　勝ち残ってきたホモ・サピエンス　いま自ら滅びようとしているのか　自らが滅ぼそうとしているのか　おごりはなかったのか　凍土から掘り出されるマンモスのように　掘り出されたヒトの体が　兵馬俑のように並べられ　時間に曝されるときがやってくるのかもしれない　そのときそれを確かめるのは　いったい何ものなのか

滅びないものとは　滅びながら繋がれていくもののこと　ヒトはもともと滅びるものであったが　錯誤の中で　滅びないもののように思われてきたに過ぎな

いのではないか　滅びるものとして生まれ　滅びないものであるかのように繋がれているヒト

ヒトに知恵があることを願ったのは　何ものだったのだろう　ヒトに知恵があることを願ったのは　知恵のないものたちの犯すことを　予感していたからかもしれない　ヒトは今日も　誰かに裁かれている

考察 Ⅳ

たとえば　テレビ画面の情報が　その平面のまま　おれの中に入ってくることがある　おれの中で　面と面を組み合わせて　ひとつの論理が成立する　ことばとことばをつないでいた線から　面へ　おれの論理の一部が変わり　小さな変革が始まる　認識が変わり　感性がよみがえり　広角の視点がセットされる

おれのどこかで　いつまでも襲う構えを崩さないものがあって　ときどき疼きを感じさせるが　あれは論理などではない　ひとは誰でも　論理を超えて襲ってくるものに　突き動かされる瞬間を持っているが　それはもしかすると　もともと映像の論理を深いところに持っていて　それに気づかずにいるだけなのかもしれない　テレビ画面の情報が　平面のままおれの中に入ってくるのは　おそらくそのためではないかと思われる

楽譜や分子構造図は　ひとつの映像として　おれの中に居座っている　きのこ状の雲のように峻烈なものや「いのちの食べ方」のショッキングな日常　そして静謐な落日の映像も　ことばを持たないまま　刻まれている　それでもことばを生み出そうとしているのか　形をよじらせながら　なにかを訴えようとしているものもある　ひとが映像の中のことばを読み取ろうとしても　ことばの論理を凍らせているものがあって　解凍の方法は見つからないことが多いが　いつか映像が一瞬のうちに崩れるときがくるかもしれない　そのとき一片のかけらは　どのようなことばを開くのか　無数の破片が　訴えてくるものを　ひとは受け止めることができるか　タリバンに破壊された仏像の破片のように　いまなお映像のまま　ひとの底に沈んで動き出さないものもあるが　それらがいつか一斉に動き出すときがやってくるように思えてならない

＊「いのちの食べ方」　ニコラウス・ゲイハルター監督のドキュメンタリー映画。原題「Our daily bread」。言葉でのナレーションはなく、映像と臨場音のみで構成されている。

考察 Ⅴ

たとえば　ひとつの雲の形を怖れる思いは　いつも遠い夏の記憶につながって
いて　一瞬のうちに途切れてしまったものを　胸の奥に多く隠し持ちながら
刻々と変わる形の記憶に　ひとはいまでも　不安を重ねている　怖れるもので
あるからこそ　内に封じ込めておきたいという願いは強いが　いかなる方法も
万能ではなく　怖れる雲の形を　おのれの内に封じ込める方法の模索は　その
時代を生きた者たちにとって　おそらく　終わらせることのできないもののひ
とつに違いない

多くの場合　時間に消化されていくものであるが　いかなる時間を経過して
も　消化してしまうことのできないものがあって　飲み込んでしまった異物の

ように　重く　自分の内に吊るされているのを感じながら　哀しみと引き換えたり　思い出に塗り替えたりしながら　おのれの中で風化していくのを待っているのだが　ときにはそれが燃えあがって　おのれを焼くこともある　しかし　炎の中で終わることは　ふたたび夏の記憶に戻ることで　なんとも無念で　承服しがたいものがある

方法とは　おのれの論理を普遍化するためのもので　飛躍をどのように隠しておくかが　極めて重要なことであると考えられるが　論理をささえているのは　むしろ　筋道の陰の部分に咲き乱れている感性であって　ときおり間歇泉のように吹きあげることがあるから　しばらく待つことにも　それなりの意義があると　信じているよりほかないのである　もともと論理には限界があって　捉えきれない部分を取り込むことのできるのは　触手のような感性であることを　自覚すべきなのだろう

展開はいつも　予定通りの筋道を追って繰り広げられるが　文脈を整えること

よりも　どちらかといえばイメージをつないで　完成した形を予見することが多い　しかし　その順序を踏み外して　滑落することがあり　まったく異なった次元から　ふたたび始めなくてはならない場合もあるが　脇道には脇道の論理があって　修正の言葉は用意されていなくても　情緒に埋もれた道を探しながら登るのは　思わぬ発見をすることさえあって　けっこう楽しいものである

考察 Ⅵ

たとえば　貧しさが海賊になるというソマリアの構図は　内の貧しさも重なって　餓えや格差に押し出されてくるという点で　貧困徴兵制と似ている　追うものも追われるものも　実は同じグラウンドにあることに気付かず　重なる矛盾のうえで　豊かさと呼ばれているものが　貧しさを追い詰めることになるわけだが　寓話が書かれないのは　アレゴリーを成り立たせてしまうには　あまりにも怖すぎる話だからかもしれない

多重な貧困のなかで　海賊たちを生み出したもの　かつては密漁船を追い　廃棄物を捨てに来る違法船を追っていたものたちが　銃を持ち　人質を取ることをビジネスとして始めたわけを　本当は誰もが知っていて　そのうえ武器を売

るものまでいるという事実があるが　背後が複雑に見え隠れするものの　それもまたビジネスとして　成り立たせてしまっている世界が繋がっている

もともと海賊と呼ばれるものは　ロマンを隠した島や洞窟を持っているものだが　ソマリアの海賊たちは　隠す財宝もなく　食べることに追われていることが多い　蓄えた金で小さなホテルを建てて営業しているものなどもいて　海賊の手の内をのぞかせている　それでも海賊と呼ばれることに　伝説の海賊たちも困惑しているに違いない　捕えられた海賊には少年もいて　母親が命乞いをしていると　伝えられている

貧困ビジネスなどという言葉を生んでしまったのは　それに見合うだけの現実があってのことではあるが　皮肉を込めた言葉が　そのまま通用していることに　悲劇よりも悲しい結末が予感される　ソマリアの海賊を生み出したのは本当は誰なのか　ひとは　矛盾の循環を閉じることができないまま　海賊と呼ばれるひとたちを追っている

考察 Ⅶ

たとえば　閉じこもって自分のことばを喰い始めた少年は　こぼれた意味に埋まり　光に怯えながら　見えない壁に　わずかな記憶を投げては　跳ね返ってくる音で　いつもおのれの位置を測っている

繭のように思念の糸を張りめぐらして　自らを閉じ込めてしまったのは　何を恐れてのことなのか　少年の瞳の哀しい色が深まっていくのは　冬の空が美しすぎるからかもしれない　冷たい風に身を投げ出すこともできないまま　少年は暗い空間を泳いで　行き着く場所のないことに気づく　いかなることばもいかなる論理も　おのれの内にしか行き着かないのは　少年が描いてしまった　地図のためだ　自分に帰る道しか描いてない地図を内に貼って　いつも自

分をめぐっている

夜半　風が止まる　弦が切れてしまった楽器のような切実さで　沈黙の現実に向き合う　暗さに親しんできた安堵があばかれる　目を閉じておのれに帰る習性は　獣にはなかったものだ　ひとが伝承させられてしまっている死と　隣合わせに座って　ひとつのことばと引き換えるために　用意できるのは　内側を流れている時間しかない　生を削って　ひとつのことばを探すのは　不確かなものに囲まれた少年が　最後にとれるあらがいの姿勢なのかもしれない

ことばの重さに気づいてしまってから　少年はますます緘黙になる　病むということは　気づくということなのだ

考察 Ⅷ

たとえば　ベルリンの壁の上に乗った若者たちが　大きなハンマーを振るって
壊そうとしていた映像は　仮にやらせであったとしても　衝撃のように世界を
走ったが　壁を作った者たちが守ろうとしたものは何だったのか　怖れていた
ものとは何だったのか　ひとびとの胸のなかで問われたのではなかったか　そ
してひとは　自分のなかの　壁の存在に気づいたのではなかったか

あのとき壊れなかった壁　ひととひとの間ではなく　ひとの内に積まれてしま
ったもの　壁が壁であった時間　ひとの内に積みあげられてしまった壁は　コ
ンクリートのように壊れることはなく　時間のなかでかたくなに固まってゆく
だけで　壁で囲ったものが何であろうと　ハンマーで崩すことなどできないこ

とを思い知らされたはずだ

一刻一刻を生きているものは　うしろが見えても　そこへ戻ることはできない　戻ることのできない壁に押されて　自分の前に描かれたいくつかの線のような時間を　選びながら　踏み外さないように歩いている　戻ることのできない壁に遮られ　押されながら

砂の国の氏族を分けた壁は　壁を超えるために流された血を吸ったまま　風を分けているが　ガザの長い壁は　何かを守るためではなく　異なる神を封じこめるために作られたのか　自分たちの壁を作る運動も　反抗という形で潜んでいる　地図には色の塗れない地域もあって　その地域を取りまく構図が見えているが　日常には見えない壁が　多くなっている

ひとを標的にして　襲うものたち　異質が許せないまま　標的としてしまうもの　異質であるために標的とされるもの　激しく繁殖していることが伝えられ

る急進的ポピュリズム　厚く存在する嫌悪のように　それぞれの生のなかに
崩れないまま重くなる壁がある

かつておれの肺腑のなかに作られた壁は　今でもX線を拒んで　薄く姿を見せるが　そこに囲いこまれたおれの時間は　おれの意識を鮮明に駈けあがる　喀血する地球の上で　繭になってしまったもののように　いつか自分の壁を食いやぶる瞬間を　迎えることがあるのか　空は他人ごとのように碧く輝いて待っている

＊ガザ　パレスチナ自治区
＊急進的ポピュリズム　ネオ排外主義。異質なものに対する強い拒否反応。西ヨーロッパではイスラム教徒、東ヨーロッパではユダヤ人とローマ人、同性愛者が標的になっている。

考察 Ⅸ

地図は　やはり想像力の所産であって　地形を観念化し　抽象化するところから発想している　地図を読むということは　眼や指でたどることではなく　指先に生まれる地形を　観念的に飛翔することであって　現実との隙間に落ち込んだとしても　ひとつの仮説から成り立っている方法であるから　傷つくのは　記号に擬せられた観念であり　観念に封じ込められている指である

約束を無視して　ひとは自分だけの地図を書こうとするが　地図に封じ込められている指を　どのように解き放つかが問題であって　地図と指とのかかわりが解明できないうちに　自分だけの地図を書くのは　きわめて危険なことであると言わねばならない　海溝には　指のとどかない部分があって　深い青で塗

りつぶしておくよりほかないのだが　ひとは自分の海溝を覗こうとしては　すこしずつのめり込んでいくのである　奇怪な魚を内蔵して　平静を装っているのは偽善だと思っているかのように　いつも深さを測ろうとしながら　落ちていくのである

蝶をして海峡を渡らしめたのは　安西冬衛という詩人であったが　海峡を渡るとき　必要なのは跳躍する想像力であり　指をかむように　泡立っている波の　せりあがってくるいらだちを　見極める眼である

線の向こう側が昨日で　こちら側が今日である　という日付変更線は　便宜的なものであるにはちがいないが　昨日と今日と　今日と明日の区別など　さほど意味があるわけではなく　一日を完全に終わらせるために必要なものなのであって　南極や北極という　極み　の観念を持っていることとともに　ひとつの救いであると言える　終わりのない形で地球が在るとしたら　空しく回りつづけるだけのものになっていたにちがいない

考察 X

人間の意志はいつも直線的であるから　いきおい道も　直線的にならざるを得ないのだが　もともと道は目的ではなく　方法であり　どこへ行っても　小さな疲労をかくしながら待っているものである　走るということについてもそれほど多くの手続きが要るわけではなく　山へ向かえば　山へつながる道があるし　海へ向かえば　海へつながる道があって　ひとは自分自身を選びながら到達することができるのだが　道はあくまで方法でしかなく　何にも触れることができないまま何も見ることができないまま　帰ってくる　ということもあり得るのだ

曲がる　ということは　論理をすこしずつずらしてゆくことで　どちらかと言

えば　感覚的な要素を含んでいるのだが　曲がる　ということのなかには　土着的な論理もあって　所有と所有の間をぬって　呪縛から脱け出す　という願いもこめられている

反自然の始まりは橋であったが　橋はどれも直線であり　対岸への最短距離を　一気に駆けぬけていった父祖たちの多くは　ふたたび帰ってくることはなかった　脱け出すということは　帰る　ということにつながってはいても　姿を消してしまう　ということではなく　かかわり方を変えても　消しようのない自己を　重く重く背負っていくことに変わりはない

九十九折りは　方法としての道の象徴であるが　折る　という論理の反転も道が折れるではなく　道を折る　というところに　直線的な意志からくる素朴な人間の知恵が見られる

三　少年

少年

アフガンの空で繰り返し破裂するものの破片が
ときおり落ちてきて
おれの日常に突き刺さる

あれは生き残った少年の夢から
引き剝がされたことばかもしれない
落ちてくるものの重さに耐えきれず
乾いた空は
打たれた皮膚のように赤く腫れている

ことばを引き剝がされて
神に出会うことのできなくなった少年は
祈ることができないまま生きるほかないのか
生きる手立てとしての神は
手の届くところにはいなくなった

ひたすら念じることが
ひたすら生きることであったとしても
神が遠い国の少年たちは
何に祈って生きればいいのか
生きるということは
答のない問いに答えようとすること
少年たちは道端にかがんで
書いたり消したりしているが
覗いてしまった闇の深さのなかで

眠ってしまうことが多い

砂漠の村には
銃を持ったまま遊んでいる少年帰還兵がいるという
戦場では何をして遊んだのだろう
抗う道具として使われながら
成長してしまう少年の内には
どのような記憶が積み上げられているのか
振り返ってなどいられない時間が
乾いていく地球と
少年たちを取り巻いている

五つの湖

オホーツクの海を見下ろしたまま
巨大なものが立ちつくした跡のような
五つの湖には
五枚の空と
五つの白く薄い月
囲む山々を受け入れて
雲と枯葉を
一緒に泳がせている

地の涯シレトクの

湖を渡る小さな波紋は
ときおりおれの内から始まる
白く薄い月を揺らし
山の影を波打たせて
向こう岸まで届いてしまうが
そのとき湖はおれの中へひろがり
息づかいは風となり
ときめきは季節の色となり
おれはひとつの湖になる

闇の中で目覚めるとき
けものたちは夢とうつつの境に
気づくだろうか
けものたちが目を見開くのは
身を護るときだけではない

見極めなければならないものの
姿に触れようと
おのれを開くときだ

五つの湖は
何を求めて開いているのか
けものたちの目の深さで
何を待っているのか
降り積もった白い闇の中で
すべてのものがまぶたを閉じて眠り
神がそっと姿を現わすそのときまで
このままずっと待っているのだろうか
ひとも常に待つ時間の中にいるから
待ち続けるものの姿に
惹かれるのかもしれない

湖を巡ったひとたちは
美しい記憶だけを抱いて帰るが
貼りつけたアルバムを
けものたちも
神も
訪れることはない
持ち帰った湖が
日ごと深まってゆくことに気づくのは
少し時間が経ってからのことだ

径 Ⅰ

知床の森を抜けると
径は海へ向かったまま
崖の上で途切れていた
あのとき止まった時間が
今でもおれの中で止まったまま
崖を覗いている
崖の深さを測りきれないまま
おれの風景を凍らせている

おれが負ってしまった

途切れた径と
止まった時間

滝はオホーツクの海へ落ち続け
崖の深さは
覗いたひとの内側で
いつまでも乾かない傷跡のように疼くのだが

五つの湖を巡る径は
いつも「危険」という文字を掲げて
侵入しようとするものを拒んでいた

ひとつの風景に行き着くために
何を越えなければならないというのか
神の領域に繋がるために

どのような危険を越えなければならないのか

どの径も
何かを越えるために始まるが
終わるのは
それぞれのひとの内かもしれない

径 Ⅱ

神の領域へと続く径は枯れ
小さな赤い実を揺らしていた
けものたちのにおいは
風が運んでしまったが
何が吠えながらこの径を歩いたのか
何がおびえながらこの径を走ったのか

海へ向かったまま
断崖の深さで途切れている径は
おのれの内に向かって歩くしかない

断崖で途切れてしまった思いは
いかなる言葉に託して投げればいいのか

どこかへ繋がっていそうで
どこにも繋がっていない径があって
ただおのれの内を回るしかない時間に
繋がっているようにしか思えない

知床

あのとき
地の涯への思いは熟していなかったが
島ふくろうの闇に繋がるものだけが
おれのなかで膨らんでいた
眼を凝らすと
跳ねる生の影が見え
耳を凝らすと
岩肌を駆け下りる白い時間が聞こえた
月は青いベールをまとい
湖を渉って神の領域に近づいていた

おれはいずれ
島ふくろうの闇に入って
昼のまぼろしと夜のうつつの
混濁の世界を持つだろう
流れ去るものと漂着するものを
ひとつの海辺として所有し
放たれたものと回帰するものを
ひとつの風景に重ね持つだろう
産み落とされたものと
産み落として朽ちる命の
繰り返される川を
ひとつの領域として
おれは所有することになるだろう

鳥瞰する視点は
枝先で揺れるが
やってくるものは
すべて海の匂いを隠している

曲がる

展望台から見える湿原の川は
大きく蛇行して
あふれる思いを隠した抽象画のように
静かな流れとなって平穏を装っていた

曲がるのは
曲げる何かがあるからに違いない
草木が隠している
かたちを変えるほどの激しいものを
風が探して回るのだが

探しあぐねて止まってしまう

ここには小さな生命が伝えられ
伝えるための闘争があり
伝えられた生命の数だけの
死が待っているはずなのだが

ざわざわ　ざわざわ
伝わってくるのは何の啓示なのか
見えないところから
確かに何かが話しかけてくるのだが
侵された聴覚には言葉となって届かない

流れようとする意志と
阻もうとする地貌の相克が

蛇行というかたちをつくるのか
あるいは時間へ反逆するものの
意思の表示なのか

おれのもどかしい時間のなかへ
川は曲がったまま流れ込んでくる

——釧路湿原にて

「合掌図・天空の扉」に寄せて

――木下晋氏に

奥州出羽三山
羽黒山から出立する死の国への旅人たちが
生まれ変わってふたたび現世へ戻ると言われている湯殿山
訪れると
夏でも解かれることのない雪囲いの中で
注連寺本堂の天井に描かれた合掌図から
あなたの時間が溢れていました
一筆一筆に込められた思いが
区切られた枠を越えしきりに広がろうとしていました
死から生という図式を持つ寺で

何かがよみがえろうとしていました

祈るという行為が
おのれを超えた宇宙を感じたときに始まるのだとしたら
あなたの宇宙とはいったい何なのだろう

背後に繋がる生を意識しながら
死者がよみがえるという山の闇に
あなたは向き合ったのではなかったか
死と生のきわどい接点であなたが描いた線が
即身仏の上で
死から生へ脱け出す裂け目のように
対峙するひとを誘っていました

描いた一枚の絵から

時間が流れ出して止まらないのは
あなたの中に無限の闇があるからにちがいない
あなたの内なる宇宙とは
あなたが描く闇
そして闇とはまぎれもない生
触れれば闇がほとばしり出そうな皺の皮膚を
ひかりの側から克明に描くのは
そのためにちがいない

湯殿山注連寺からの帰途
死の国から帰ってきたひとたちと
すれちがいました

利根川

少年の日に
初めて泳いで渡った流れが
今でもおれの周りを流れている
挑むように泳ぎ始めたときの
身を投げるときめきは
遠い赤城を容れた風景のなかで
今でも踊っている

横切るという行為は
利根川という流れへの

少年の反逆であったのかもしれない
おれの時間は
いつも下流でしか揚がれなかったが
流れに紛れたいのちの時間は
澄んだ水のなかで解き放たれたまま
少年の時間を鮮明にしている

記憶の底で紛れたまま
浮かび上がってこない風景があるのに
泳いで渡った挑みの時間が
流れのなかで小さな魚になって
今でもときおりひらめく

赤城

大滝への径は
霧に溶けたまま姿を見せなかった
かすかに聞こえたのは
滝の音か
それとも水量を増した瀬の
時を嚙む音であったか
どんなに深い霧の中でも
ひとは自分を溶かしてしまうことはできないから
眼を凝らしながら
自分と向き合うしかない

山の高さよりは深さに魅かれていると
拒まれることもあるが
風も生まれない深い霧の中で
ひとはいつも自分に出合う

途中で消えていて
自分を隠すならここだと思わせることもあるが
通り抜けることができない径
滝への径が姿を現わすのは
山に余裕のあるときかもしれない
気難しい山の精たちが
空を覗きうなずき合っているときだ

長い裾野は
残っている思いの時間

おれの生に繋がるものが
雲に乗り
風に飛ぶ

溢れる清冽を汲んで
いのちを繋いできたものたちが持っているのは
滅びないものへのまなざし
赤城への思いは
いつも裾野にひろがって
おれの確かな風景になる

あとがき

　個人詩誌「嘶馬」を平成二十一年三月に創刊し、昨年十一月に十二号を発行しましたが、その間の作品を中心にこの詩集を編んでみました。「嘶馬」では「いのち」と「時間」をコンセプトにして書いてきたので、この詩集も同じ線上にあると考えています。

「嘶馬」誌上で触れてきたことですが、詩を書くという行為は、総体としての自分からことばを一枚ずつ引き剝がしていくことのように思われます。歳を経るごとに自我意識「おれ」と肉体の持つ生活機能が離れていくように感じられ、からだは精神を支えるが、精神はからだを支え切れなくなってくるだろうと思います。そんななかで、自分が出合ったことばを拾い集めておきたいと考えています。

　いのちは時間を経て、刻々と変わっていくものですが、いのちの現在には、経験してきた時間が集約されていると考えています。それを表現としてどう単純化できるかが課題であると思っています。「日常は立ち止まらない」と考えていますが、世界を駆け巡る情報は、毎日地球を揺るがしています。その地球の上で、私たちは生きています。東日本大震災を経験して「自然」というものについて考え直した方も多いのではないかと思いますが、三十八億年に及ぶという地球とヒトとのかかわりのなかで、進化してきた結果をヒトは負い、生理として内に持っています。そのひとりのヒトの生きた記録として読んでいただければ幸いです。

この詩集を出版するにあたって、多くの方に支えられていることを改めて強く感じました。出版に直接かかわってくださった思潮社の方々にも過分の心配りをいただきました。

今日まで私が生きることにかかわったすべての方に感謝申し上げたいと思います。

平成二十四年夏

長谷川安衛

一九三二年　群馬県新田郡世良田村（現太田市）に生まれる。

著書
詩集『光と影』（総光社）
詩集『野盗』（思潮社）
詩集『見えない村』（詩学社）
詩集『隠れ鬼』（煥乎堂）
評論集『詩の周辺』（紙鳶社）
その他　編著・共著等。

同人誌「I」、「架橋」、「軌道」等を経て、平成二十一年に個人詩誌「嘶馬」を創刊し、現在継続発行している。

現住所　群馬県邑楽郡邑楽町中野二六二六―二

濡《ぬ》れた馬《うま》

著者
長《は》谷《せ》川《がわ》安衛《やすえ》
発行者
小田久郎
発行所
株式会社思潮社
〒一六二―〇八四二　東京都新宿区市谷砂土原町三―十五
電話〇三（三二六七）八一五三（営業）・八一四一（編集）
FAX〇三（三二六七）八一四二
印刷
三報社印刷株式会社
製本
誠製本株式会社
発行日
二〇一二年九月三十日